Dangaus Ežys

Mili Joni

3 norai

Giedrą naktį, mėnulio apšviestoje pamiškėje, čiulbant lakštingalai, laiminga ežių šeima susilaukė trijų mažylių.

Jie gimė akli,
apaugę minkštais
šviesiais spygliukais.

Po 2 savaičių ežiukai praregės, o suaugę turės net 5000 spyglių!

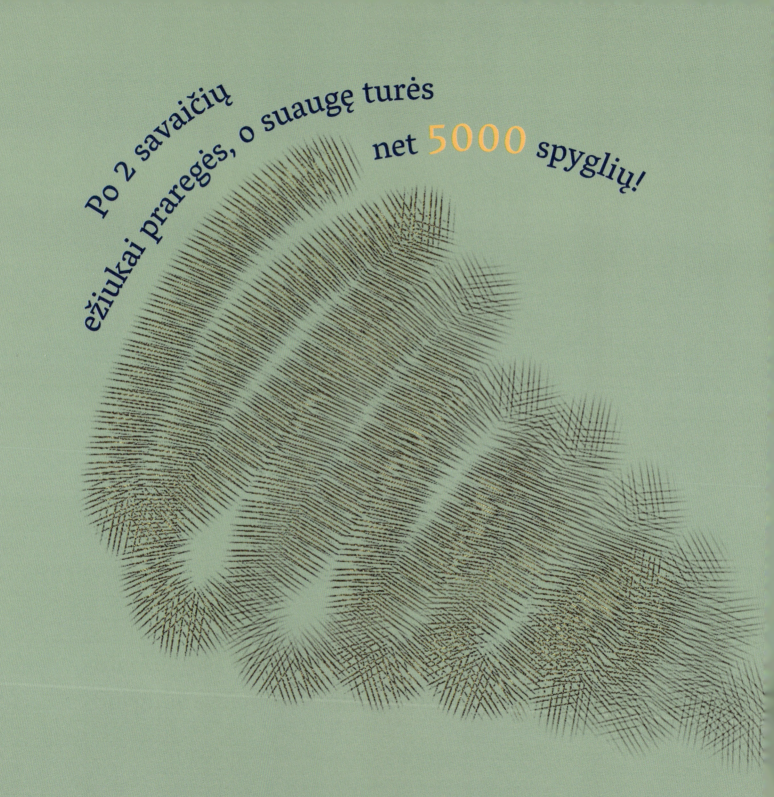

Judriausią ir smalsiausią mažylį tėvai praminė **Spyglium**.

„Drugeliai mėgsta žaisti gaudynių ir... kutena nosį!"

"Mm... ach!"

Sesutė Yglė su broliuku Dyglium sparčiai jį vijosi.

"Žemuogės kvapnios ir sultingos!"

Ežiukams ūgtelėjus, tėvai nusprendė aplankyti tolimą giminaitę dygliakiaulę, gyvenančią Brazilijoje.

Tačiau ežiukai buvo per maži vykti kartu.
Kelionė jiems būtų per ilga, per tolima ir per sudėtinga.
Todėl mažyliai liko su seneliu Žynium.

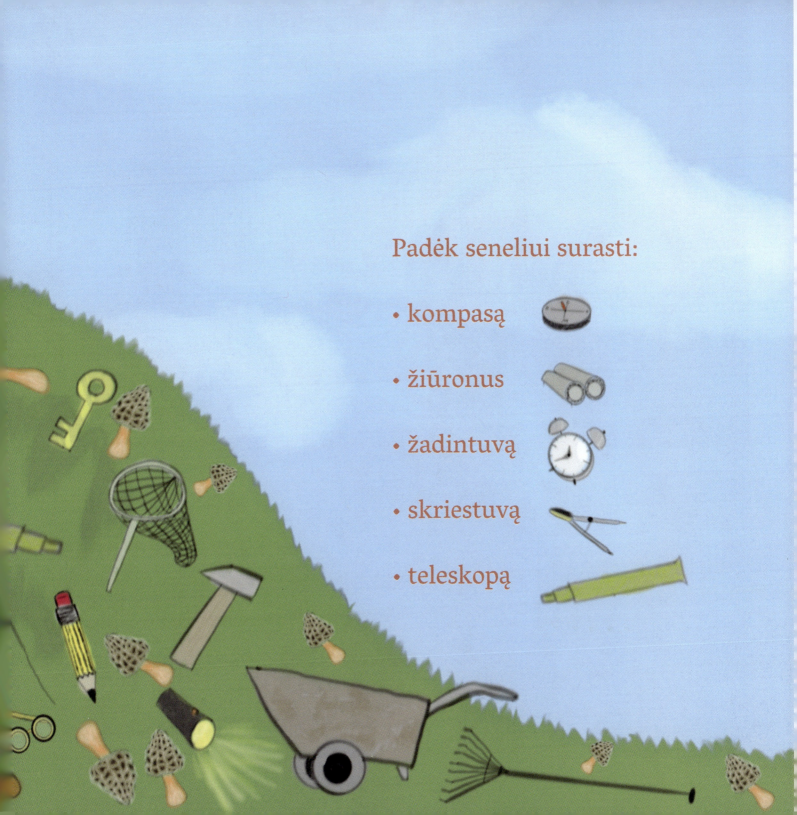

Padėk seneliui surasti:

- kompasą
- žiūronus
- žadintuvą
- skriestuvą
- teleskopą

Tačiau ežiukai nenuobodžiavo.

„Plaukti smagu! Vanduo gaivina!"

Netoliese esančioje užtvankoje buvo įsikūrusi bebrų šeima. Aštriadančiai kaimynai išmokė ežiukus plaukti.

Sužibus pirmosioms žvaigždėms,
senelis Žynius pasiimdavo
stebuklingą įrenginį – teleskopą
ir kopdavo su anūkais arčiau dangaus.

„Pamatęs krintančią žvaigždę, sugalvok norą ir jis išsipildys!"

Teleskopas priartindavo dangų, spindinčias žvaigždes ir tolimiausias planetas.

Merkurijus

Marsas

Saulė

Jupiteris

Venera

Spyglius ypač mėgo šviečiantį Mėnulį, kuris nuolat keitėsi.
Ši planeta mažyliui priminė jį patį...

...tai išstypusį, tai pasišiaušusį,
tai susisukusį į kamuoliuką.

Senelis paaiškino,
kad Mėnulis nešviečia.
Jis skrieja aplink
mūsų planetą – Žemę
ir atspindi Saulės šviesą.

Mes matome tik apšviestą Mėnulio dalį,
todėl atrodo, kad jis keičia formas.

Tos formos vadinamos fazėmis.
Jų yra keturios: - jaunatis

 - priešpilnis

 - pilnatis

 - delčia

Koks paslaptingas dangaus kūnas!
Iš tiesų jis visuomet susisukęs į kamuoliuką!

Mintyse ežiukas Mėnulį pavadino...

...Dangaus Ežiu.

Dar senelis pasakojo, kad iki Mėnulio beveik 400 000 kilometrų. Tai 80 kartų daugiau, nei ežys turi spyglių!

Rudenėjant iš kelionės grįžo išsiilgę
mama su tėčiu.
Ežiukai sulaukė linkėjimų ir lauktuvių
iš Brazilijos.

Jie gavo puikią dovaną – futbolo kamuolį,
panašų į Mėnulio pilnatį.

Likusias šiltas dienas spygliuočiai su draugais bebriukais vaikė kamuolį pamiškės aikštelėje.

Dienos trumpėjo, oras vėso, lijo vis dažniau.

Ežių šeimyna ruošėsi žiemos miegui.
Po senu kerotu kelmu iš sausos žolės ir
nukritusių lapų klojo šiltą, jaukų guolį.
Jie miegos iki pavasario,
kol parskris pirmosios kregždės.

Merkdamas akeles,
Spyglius svajojo susitikti su Dangaus Ežiu.

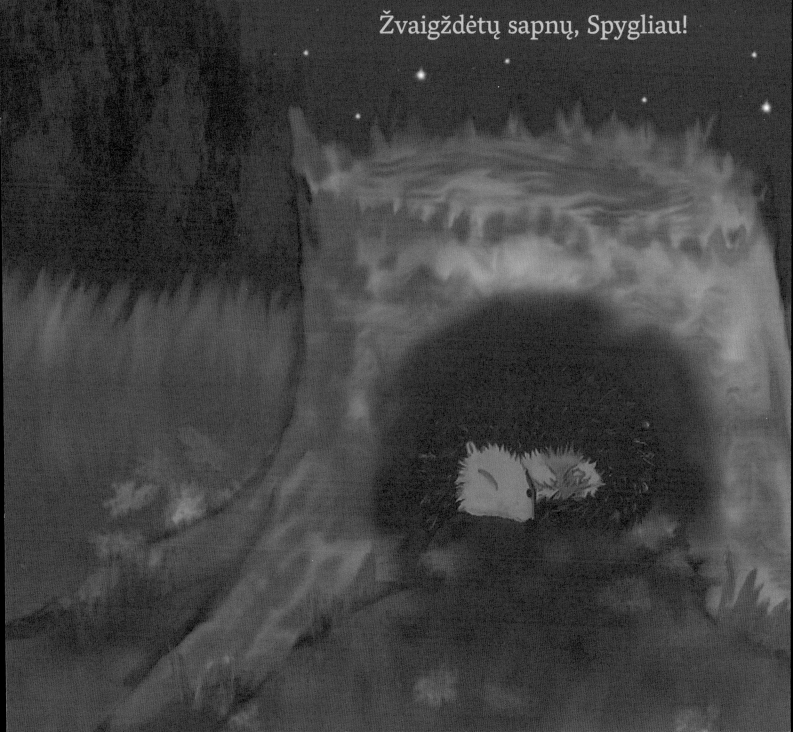

Leidinio bibliografinė informacija pateikiama Lietuvos nacionalinės Martyno Mažvydo bibliotekos Nacionalinės bibliografijos duomenų banke (NBDB).

Be išankstinio autoriaus ir leidėjo rašytinio sutikimo draudžiamas bet koks šio leidinio ir/ar jo dalies atkūrimas, saugojimas failų pasidalinimo sistemose ar perdavimas bet kokia forma ar bet kokiomis priemonėmis elektroniniu, mechaniniu, kopijavimo, įrašymo ar kitokiu būdu.

Dangaus Ežys

© Tekstas, Mili Joni, 2020
© Iliustracijos, Lazy Beaver, 2020
© Leidėjas, 3 norai, 2020

Vilnius, 2021

ISBN 978-609-96161-0-0 (elektroninė knyga)
ISBN 978-609-96161-1-7 (spausdinta knyga kietais viršeliais)
ISBN 978-609-8285-14-7 (spausdinta knyga minkštais viršeliais)

Knygą galite įsigyti https://www.3norai.lt/knygos/dangaus-ezys

Printed in Great Britain
by Amazon